AF237410

Fasziniert von dem Gedanken, das Geheimnis ewiger Jugend zu lüften, gerät Kevin durch den
Fund eines mysteriösen Flyers nichtsahnend in
die Fänge der kaltherzigen Schneekönigin. Sie
nimmt Kevin mit in ihren frostigen Palast im
ehemals ewigen Eis, wo sie ihn seines Willens
und seines Erinnerungsvermögens beraubt. Während Kevin ein trostloses und arbeitsintensives
Dasein im Palast fristet, begibt sich seine
beste Freundin Greta im fernen Hamburg ganz allein auf die abenteuerliche Suche nach ihrem
Freund. Auf ihrem langen, gefahrvollen Weg begegnet Greta neben spirituellen Frauen, sprechenden Tieren, einem Chauffeur und einer
Gangsterbraut auch einem ungeahnt starken und
mutigen Mädchen: ihr selbst...

alfα: wurde 1966 in Hamburg geboren. Einer viel
zu kurzen Kindheit schloss sich eine viel zu
lange Schulzeit an. Nach dem Abitur absolvierte
alfα: das Studium der Philosophie und Germanis-
tik in Hamburg. Als klassisches Opfer überaus
widriger Lebensumstände bemüht sie sich bis
heute ebenso ausdauernd wie vergeblich, den
studienimmanenten Erkenntnisgewinn mit den
durchaus verstörenden Ergebnissen ihrer berufs-
bedingten empirischen Erforschung des Gastge-
werbes in Einklang zu bringen.

alfα:

Die Schneekönigin 2.0

Bibliografische Information der Deutschen Nationalbibliothek:
Die Deutsche Nationalbibliothek verzeichnet diese Publikation in der Deutschen Nationalbibliografie; detaillierte bibliografische Daten sind im Internet über http://dnb.dnb.de abrufbar.

Cover-Foto vorn: Karlmann King SUV
Cover-Foto hinten: Scherenschnitt von Reinhold Stier, 2008
Herstellung und Verlag: BoD – Books on Demand, Norderstedt

ISBN: 978-3-752-62829-6

~~*Für Fee & Omchen, meine beiden
Märchenerzählerinnen,
die stets mehr an mich und meinen Traum
geglaubt haben,
als ich selbst es lange Zeit zu tun
vermochte*~~

INHALT

Die Schneekönigin 2.0

Ein modernes Märchen in sieben Geschichten, und eine Verneigung vor dem
großen Poeten H.C. Andersen, dessen
zauberhafte Märchen auch meine Kindheit enorm bereichert haben

Erste Geschichte,
die von einem teuflischen Portal und
den Folgen handelt

So! Nun fangen wir an. Wenn es gut
läuft, wissen wir am Ende der Geschichte mehr, als wir jetzt wissen.
Besagte Geschichte handelt von einem
echt üblen, im eigentlichen Wortsinn
gehörnten Typen und seiner kalten
Braut. Eines Tages war der Höllenfürst
blendender Laune, denn es war ihm ge-
lungen, ein Portal zu kreieren, das
seinen Mitgliedern ewige Jugend und
Schönheit versprach. Um diese Attribute zu erlangen, bedürfe es lediglich
der Bereitschaft des Nutzers, sich
seiner Menschlichkeit und Empathie
restlos zu entledigen und fortan un-
aufhörlich Häme, Spott, Missgunst und
Zwietracht zu säen und zu verbreiten.

Kaum hatte der Leibhaftige seine Braut per Voicemail von seinem Coup in Kenntnis gesetzt, war sie auch schon auf dem Weg zu ihm. Sie kachelte in ihrem schneeweißen Mobil mit dem sonderbaren und für ihre Begriffe recht unpassenden Namen „Gisela Queen" (benannt nach der ältesten Schwester Karls des Großen, warum auch immer) über die A1, dass es nur so staubte.

Ein schwerer Unfall am Horster Dreieck bereitete ihrem rasanten Ritt vorübergehend ein jähes Ende, was ihre Geduld auf eine harte Probe stellte. Zum Glück hatte sie stets einen ausreichend großen Vorrat an Menthol-Zigaretten an Bord, die den überaus passenden Namen „Northern Ice" trugen und für angenehm kühlen Atem und ein stabiles Nervenkostüm der unterkühlten Dame sorgten.

Sie sehnte sich nach ihrem guten alten Vintage-Schlitten zurück, aber seit des drastisch voranschreitenden Klimawandels schneite es nur noch selten, und wenn es schneite, blieb der Schnee nicht in ausreichender Menge und Dauer liegen. Auch Frau Holle war längst verblichen und ihre Nachkommen präferierten offenbar eine andere Form der

weißen Pracht, so dass die gut situ-
ierte Lady den Schlitten schweren Herzens ausgemustert und in einem pracht-
vollen Pavillon ihres exklusiven und
geräumigen Domizils aufgebahrt hatte.
Um mit der Zeit zu gehen, hatte sie
sich dann für dieses schnittige und
äußerst kostspielige Sports Utility
Vehicle entschieden, das ihr ein ad-
äquater Ersatz für ihren altgedienten
Schlitten zu sein schien. Der Wagen
verfügte über eine eigens für die unterkühlte Lady modifizierte Klimaanla-
ge, die die Temperatur binnen kürzester Zeit auf bis zu -20° Celsius zu
senken vermochte. Besonders stolz war
sie auch auf eine spezielle Thermola-
ckierung, durch die der Prachtschlit-
ten je nach Außentemperatur die Farbe
wechseln konnte.
Einer der Vorzüge des Reichtums bestand ohne Zweifel darin, dass niemand
dumme Fragen stellte, egal, wie außer-
gewöhnlich der Wunsch eines liquiden
Kunden auch sein mochte.
Der Stau löste sich aufgrund unzähliger Gaffer nur langsam auf, worauf die
kühle Dame äußerst gereizt und unge-
halten reagierte, da noch eine weite
Strecke vor ihr lag.

Sehr zu ihrem Missfallen hatte ihr Liebster seinen Zweitwohnsitz aus beruflichen Gründen unlängst vom Harz ins tiefste Bayern verlegt. Folgen wollte und konnte seine Braut ihm nicht dorthin, da sie aufgrund tendenziell divergenter Aggregatzustände eine Fernbeziehung zu führen gezwungen waren. Umso mehr ärgerte es sie nun, aufgrund derartig irdischer Widrigkeiten so viel kostbare gemeinsame Zeit mit ihrem feurigen Bräutigam zu verlieren. Nach einer gefühlten Ewigkeit ging es endlich weiter und voller Vorfreude auf ihren Geliebten und sein neues, geniales Portal, dessen Testimonial sie werden sollte, trat sie aufs Gas.

Die Wiedersehensfreude war groß und nachdem die beiden Turteltauben ihr neues Geschäftsmodell mit einigen gut gekühlten Highballs gebührend begossen hatten, machten sie sich umgehend an die Arbeit. „Düvel", wie seine Braut ihn fast zärtlich nannte, lichtete seine Perle auf das Vortrefflichste ab und schon bald prangte ein perfektes und nur marginal retuschiertes Abbild seiner Liebsten auf der Homepage des neuen Portals.

Sie vereinte ewige Jugend, makellose Schönheit und Perfektion, wie keine andere.

Auch das Marketingkonzept war wohldurchdacht. Der diabolische Heißsporn stellte Flyer zum Download für die Nutzer bereit, während seine Braut Online-Coachings für werdende Denunzianten und Hassprediger anbot und bei einer Company ihres Vertrauens namens „AurumStella Marketing" mit Firmensitz in Zypern mehrere hundert euphorische 6-Sterne-Bewertungen erwarb. Aus diesen Bewertungen ging einstimmig hervor, das dieses Portal an ein Wunder grenze, weil es das Geheimnis ewiger Jugend und Schönheit zu lüften vermöge und präzise hervorhöbe, worauf es wirklich ankäme in der Welt.

So nahm das Unheil zur großen Freude der beiden Startup-Unternehmer seinen viralen Lauf… Der gute alte Spiegel mit seinen vergifteten Splittern hatte nun ausgedient, da das World Wide Web ungeahnt effektivere und rasantere Verbreitungsmöglichkeiten für Übel aller Art bot, vom Darknet ganz zu schweigen.

Das ungleiche Paar feierte diesen besonderen Anlass so ausgelassen und so intensiv, wie es ihnen eben möglich war und amüsierte sich prächtig. Für einen Moment vergaßen sie beinahe die harte Realität, die ein Zusammenleben auf Dauer unmöglich und den nahenden Abschied unverzichtbar machte.

Es brach dem infernalen Fürsten jedes Mal fast das Herz, wenn seine Holde zurück in den hohen Norden musste. Teufelskerl, der er war, war er jedoch stets penibel darum bemüht, sich nichts anmerken zu lassen. Seine Braut, die den Kummer ihres Liebsten natürlich sofort bemerkte, fand es geradezu rührend, wie sentimental sich ihr sonst so robuster Bräutigam in diesen Situationen präsentierte. Wissen ließ sie ihn dies selbstverständlich nicht.

Binnen weniger Monate hatte das Portal namens „Eternal Youth" Millionen von Nutzern und Followern aus der ganzen Welt für sich eingenommen. Vor allem die Online-Coachings erfreuten sich trotz oder gerade wegen eklatant überhöhter Preise größter Beliebtheit. Allzu verheißungsvoll erschien vielen die Chance, das Geheimnis ewiger Jugend und Schönheit zu ergründen und dem so gefürchteten Alterungsprozess dauerhaft Einhalt zu gebieten.

Erschreckend bereitwillig und völlig ungeniert stürzte sich die große Mehrheit der Mitglieder fortan aggressiv und hasserfüllt auf jeden Besucher des Portals, der nicht jung genug, nicht schön genug und nicht perfekt genug schien.

Und mit jedem neuen Post schwanden Scham, Moral und Toleranz des Diffamierenden weiter dahin. Schnell kam es zu wahren Massenbeleidigungen und je boshafter und niederträchtiger die Beteiligung an einem solchen Fäkalsturm ausfiel, desto schneller wichen Empathie, Fairness, Toleranz, Wahrheitsliebe und Menschlichkeit des Verfassers. Das Gros der „Eternal Youth"-Fangemeinde erwies sich der finstersten Abgründe des diabolischen Erfinders somit mehr als würdig, was den Leibhaftigen und seine Braut in wahre Verzückung geraten ließ.

Von Zeit zur Zeit goss der Höllenfürst noch etwas Öl ins Feuer, indem er die übelsten und schamlosesten Kommentare seiner Anhänger veröffentlichte und neue Nutzer dazu aufforderte, das Ni-

veau dieser Kommentare noch zu unter-
bieten, was der großen Mehrheit auch
mühelos gelang.

Zweite Geschichte,
die von einem Jungen und
einem Mädchen handelt

Im einem unscheinbaren Stadtteil im
Süden Hamburgs wohnten zwei Nachbars-
kinder namens Kevin und Greta in einer
lieblos gestalteten und in die Jahre
gekommenen Wohnsiedlung. Die beiden
mochten einander sehr und waren im
Laufe der Zeit enge Freunde geworden.
Im Winter saßen die beiden manchmal
mit Gretas Großmutter, die ganz in der
Nähe wohnte und Greta oft besuchte, in
der beengten Küche und ließen sich ge-
diegene Geschichten erzählen. Eine ihrer Lieblingsgeschichten handelte von
den Begegnungen mit Bienenvölkern und
einer Bienenkönigin aus Schnee, die
sich angeblich jedes Jahr vor ihrem
Fenster zum Tanz versammelten, damals,
als es im Winter noch regelmäßig
schneite.
Gretas Oma pflegte sich bereits mor-
gens ihr Dasein schöner zu trinken und

neigte dadurch bisweilen zu Übertrei-
bungen und individuellen Abwandlungen
bereits erzählter Geschichten, so dass
es Greta und Kevin nicht immer gelang,
ihren Ausführungen inhaltlich zu folgen. Spaß machte der Versuch ihnen
dennoch.

Im Sommer trafen sich Kevin und Greta
fast täglich im Hinterhof, um auf einer winzigen, von Büschen und Heckenrosen gesäumten Grünfläche, auf der
das Spielen eigentlich verboten war,
genau das ausgiebig zu tun. Unter den
Büschen hatten sie eine kleine, höl-
zerne Bank versteckt, die sie für die
Dauer ihres Aufenthaltes oft hervor-
holten, um dann einträchtig nebenein-
ander darauf zu sitzen.

Eines Tages brachte Kevin einen Flyer
mit, den er im Treppenhaus gefunden
hatte. Es war einer jener Flyer, mit
dem das „Eternal Youth"-Portal um neue
Mitglieder warb. Während Greta dem
dort beworbenen Portal und dem Ver-
sprechen ewiger Jugend keine größere
Bedeutung beimaß, war Kevin Feuer und
Flamme; zu verlockend schien ihm die
Vorstellung, für immer Kind zu bleiben
und für immer unbeschwert mit Greta

auf ihrer kleinen Bank unter den blü-
henden Heckenrosen sitzen zu können.
Kevin konnte es kaum abwarten, das
verheißungsvolle Portal zu besuchen,
verabschiedete sich hastig von der
staunenden Greta und rannte nach Hause, um sich dort klopfenden Herzens
die beworbene Homepage anzusehen. Zu
seiner großen Freude ließ sich die
Seite ohne weitere Zugangsbeschränkun-
gen öffnen.
Unter dem verschlungenen Schriftzug
„Eternal Youth" prangte das Konterfei
einer unfassbar jungen und schönen
Lady. Kevin war völlig fasziniert von
der Anmut, Schönheit und Perfektion
dieser etwas unterkühlt wirkenden
Dame. Als er seinen Blick endlich von
ihr abwenden konnte, widmete er sich
den Informationen über die auf der
Homepage angepriesene Mitgliedschaft.
Aus diesen ging hervor, dass jedes
Mitglied lediglich seine Empathie und
Menschlichkeit opfern und Art und Um-
fang dieses Opfers für die Dauer der
Mitgliedschaft regelmäßig nachweisen
müsse. Bereits nach 6-monatiger Basis-
Mitgliedschaft seien bei den meisten
Nutzern erste Erfolge sichtbar. Älte-
ren Anwärtern legte man die kosten-

pflichtige Verjüngungs-Mitgliedschaft ans Herz. Den ganz Eiligen und Ungeduldigen stand außerdem der „Eternal Youth"-Online-Shop 24/7 zur Verfügung, der neben vielen Merchandise-Artikeln auch zahlreiche Pillen und Anti-Aging-Cremes offerierte, die die ersehnte Verjüngung noch zu beschleunigen versprachen.

Von monetären Verpflichtungen im Rahmen der Basis-Mitgliedschaft war zu Kevins Erstaunen nirgends die Rede.

Dennoch erschrak er zunächst, weil ihm der immaterielle Preis unangemessen hoch erschien, aber je mehr Kommentare und Hassbotschaften Kevin las, desto schneller schwanden seine Bedenken. Allzu reizvoll schien der Gedanke, seinen Traum verwirklichen zu können, so dass Kevin beschloss, einen Versuch zu wagen und den Regeln des Portals nur so lange Folge zu leisten, bis die versprochene Wirkung eingetreten war.

Zu seinem Entsetzen musste er jedoch feststellen, dass es für die Nutzung des Portals der Volljährigkeit bedurfte. Frustriert schrieb er eine Mail an die Betreiber des Portals und bat inständig darum, eine Ausnahme zu machen und ihm die Nutzung trotz mangelnder Volljährigkeit zu ermöglichen.

Schon am nächsten Tag erhielt Kevin eine Antwort. Nervös und ungeduldig öffnete er die Mail, die zu seiner großen Verwunderung ein eigens für ihn eingerichtetes Postfach mit allen erforderlichen Zugangsdaten enthielt. Man sei erfreut, ihn als neues und zugleich jüngstes Mitglied im „Eternal Youth"-Club begrüßen zu dürfen. Es folgten zahlreiche Ermahnungen zu absoluter Verschwiegenheit und unbedingter Einhaltung der Nutzungsregeln. Den Abschluss der Mail bildeten einige geographische Koordinaten, die er entschlüsseln solle, um sich dann in einigen Tagen in warmer Kleidung an dem geheimnisvollen Treffpunkt einzufinden. Dort würde er alles weitere erfahren.

Kevin war plietscher, als es sein Name vermuten ließ und wusste, dass es sich um Geocaching-Koordinaten handelte, die er mittels GPS ohne weiteres entschlüsseln konnte. Er war überrascht, dass sich der Treffpunkt ganz in der Nähe befand.

In den darauffolgenden Tagen sah Greta Kevin nur noch selten. Er hatte plötzlich kein Interesse mehr, mit ihr zu spielen, machte sich über das Alkoholproblem ihrer Großmutter lustig, beschimpfte und beleidigte jeden, der ihm begegnete und benahm sich so rücksichtslos, wie Greta es noch nie zuvor erlebt hatte.

Am Abend seines Verschwindens begegnete Kevin Greta zufällig im Treppenhaus. Zu Gretas Erstaunen trug er trotz sommerlicher Temperaturen einen Wintermantel, eine Wollmütze und Handschuhe und würdigte sie keines Blickes. Als sie ihn verstört fragte, was mit ihm los sei, brüllte er sie an, sie solle nicht so dämliche Fragen stellen und lieber zusehen, dass sie Land gewinne, bevor er die Beherrschung verliere und ihr womöglich wehtun müsse. Dann rannte er hinaus und vom Fenster des Treppenhauses sah Greta noch, wie er draußen die Blüten der Heckenrosen abriss und zu Boden warf, bevor er in der Dämmerung verschwand.

Kevin war auf dem Weg zu dem mysteriösen Treffpunkt in einem nahegelegenen Industriegebiet. Als er dort angekommen war, überkamen ihn für einen Moment Zweifel.

Wo genau und von wem würde er nähere Instruktionen erhalten? Und wie würden diese Instruktionen aussehen? Plötzlich vernahm er ein düsteres Grollen und dann tauchte wie aus dem Nichts ein Gefährt auf, wie er es noch nie zuvor gesehen hatte. Es war ein gigantischer, äußerst extravaganter, schneeweißer SUV, der wie ein Diamant geschliffen schien und auch so funkelte. Kevins Zweifel schienen allesamt verflogen und fasziniert näherte er sich dem Luxusschlitten, dessen Beifahrertür sich wie von Geisterhand öffnete. Unerschrocken nahm Kevin auf dem riesigen Sitz Platz und schon raste das wundersame Gefährt mit ihm und dem geheimnisvollen Fahrer davon.

Kevin sah sich im Inneren des Prachtschlittens um und glaubte, zu träumen. Das Armaturenbrett war mit unzähligen Diamanten besetzt, während sich im hinteren Bereich eine sehr exklusive Champagnerbar befand, die mit ledernen Massagesesseln und einem gigantischen Monitor ausgestattet war. Zu allem Überfluss prangte am Himmel des Wagens ein Meer funkelnder Sterne. Kevin kam aus dem Staunen nicht heraus und nahm weder die eisige Kälte wahr, noch bemerkte er, welch große Strecke der Wagen binnen kürzester Zeit bereits zurückgelegt hatte. Der Fahrer des Wagens war in einen weißen, glitzernden Pelzmantel mit großer Kapuze gehüllt, so dass es Kevin während der gesamten Fahrt nicht gelang, sein Gesicht zu erkennen. Auch seine bange Fragen, wohin man ihn denn brächte und wann er weitere Instruktionen erhielte, blieben ohne Antwort. Kevin war hungrig und fror und als bereits der nächste Tag anbrach, hielt der Wagen endlich an.

Die geheimnisvolle Person, die den Wagen gefahren hatte, wandte sich ihm nun erstmals zu und erst jetzt bemerkte Kevin, dass der Pelz und die Kapuze aus Schnee waren. Zum Vorschein kam die elegante Lady, deren Abbild Kevin bereits auf der Homepage des Portals so fasziniert hatte, aber in Natura war sie noch viel jünger und schöner und ihre Haut war von einem schimmernden Weiß. *Es war die Schneekönigin.*

„Frierst Du?", *fragte sie* ihn *und dann küsste sie ihn auf die Stirn. Ihr Kuss war kälter als Eis* und diese Kälte drang bis in sein Herz.

Für einen Augenblick dachte Kevin, dass er sterben müsse, aber dann spürte er plötzlich die Kälte nicht mehr und fühlte sich wie neu geboren. Dann reichte die geheimnisvolle Lady Kevin ein Sandwich und eine große Flasche Eistee und ließ ihn wissen, dass sie ihr Ziel noch am selben Abend erreichen würden. Und schon setzte sie die Fahrt fort, sie fuhren weiter und immer weiter Richtung Norden, während draußen der Wind heulte und es zu schneien begann.

Dritte Geschichte,
die von einer Schamanin und ihrem
Hausboot handelt

Mit jedem Tag, der verging, ohne dass Greta Kevin sah oder traf, machte sie sich größere Sorgen um ihn. Wo war er nur abgeblieben? Niemand vermochte zu sagen, wo er sich aufhalten oder wohin er gegangen sein könnte. Greta war traurig und verzweifelt und sie fragte sich, ob Kevins Wandlung und sein Verschwinden etwas mit dem geheimnisvollen Portal zu tun haben könnten, von dem er so begeistert schien.

Oder war ihm etwas anderes zugestoßen? Greta war sich sicher, dass ihr Freund am Leben war und beschloss, Kevin zu suchen.

So lief Greta zunächst stundenlang relativ ziellos umher, bis sie eher zufällig zum östlichen Bahnhofskanal gelangte. Da sie nirgends eine Spur von Kevin fand und müde und hungrig war, wollte sie sich in einem kleinen, an der Kaimauer liegenden Ruderboot ein bisschen ausruhen. Vor Erschöpfung schlief Greta ein und bemerkte nicht, dass sich das Tau des Bootes nach und nach löste.

So trieb sie schließlich schlafend auf dem Fluss umher, bis das kleine Boot sich irgendwann in einer Böschung verfing und anhielt. Greta wachte auf und geriet in Panik, weil sie nicht wusste, wo sie war. Direkt hinter der Böschung lag ein bunt bemaltes Hausboot am Ufer und da Rauch aus dem Schornstein stieg, schrie Greta nach Leibeskräften um Hilfe.

Kurz darauf trat eine Frau mit einem großen, mit Blumen und Sternen verzierten Hut und einem Raben auf der Schulter aus der kleinen Tür des Hausbootes heraus.

Nach einigen Mühen gelang es ihr, das Ruderboot mit einem langen Stock zu sich heran zu ziehen, so dass Greta mit ihrer Hilfe und wackligen Beinen aussteigen konnte. Greta bedankte sich und war hungrig, durstig und durchgefroren, weshalb sie der Aufforderung der sonderbaren Dame, ins Innere des Hausbootes einzutreten, todesmutig folgte, obwohl die Frau ihr nicht ganz geheuer war.

Alle Fenster und auch die Bullaugen zeigten nach Süden und waren aus buntem Glas, überall standen und hingen rätselhafte Figuren herum, ein knisternder Kaminofen sorgte für behagliche Wärme und vor dem Ofen stand ein Schaukelstuhl, auf dem ein schwarzer Kater schlief, der eine rote Augenklappe trug.

Die fremde Frau bot Greta an, Platz zu nehmen und holte Fassbrause und Bickbeeren für sie aus der Kombüse. Da Greta noch immer zitterte, bereitete die fürsorgliche Frau noch einen heißen, wohlriechenden, aber leicht bitter schmeckenden Tee für die frierende Deern zu.

Zu Gretas großer Überraschung bekam auch der Rabe, der sich stets in der

Nähe der Frau aufzuhalten schien, ein Tässchen Tee, welches er bedächtig und mit kleinen Schlucken leerte.

Obwohl Greta als Großstadtkind generell auf der Hut vor Mitschnackern und anderen Unwohltätern war, hatte sie nicht das Gefühl, in Gefahr zu sein. Irgendetwas sagte ihr, dass diese sonderbare Lady es gut mit ihr meinte und ihr helfen würde, weshalb sie auch den eigenartig schmeckenden Tee ohne Argwohn trank. Mit jedem Schluck wich die Kälte spürbar aus ihrem Körper und ein überaus wohliges Gefühl breitete sich aus.

„So, nun erzähle mir, wer du bist und wie du hierhergekommen bist", sagte die fremde Frau und Greta erzählte von ihrer Suche nach Kevin und ihrer Angst um ihn. Auch von dem ominösen Flyer berichtete sie ihr. Die Frau sicherte Greta beschwichtigend zu, ihr bei ihrer Suche nach Kevin behilflich sein zu wollen, da sie Schamanin sei und als Mittlerin zwischen den Welten fungiere.

Zunächst aber müsse Greta sich unbedingt noch den schönen, verwunschenen Blumengarten am Flussufer ansehen, der ihren Kummer sicher zu lindern und sie zu trösten vermöge. Die Frau stand auf, der Rabe nahm erneut auf ihrer Schulter Platz und dann trat sie ins Freie. Greta folgte ihr über einen schmalen Bootssteg ans Ufer.

Staunend durchschritt und betrachtete Greta dieses prachtvolle, üppig blühende Kleinod am Elbufer. Noch nie zuvor hatte sie einen so zauberhaft schönen Garten mit so vielen ihr unbekannten Blumen und Sträuchern gesehen. Die Luft war von betörendem Duft und lautem Gezwitscher erfüllt. Ein Chor von Meisen, Rotkehlchen und Drosseln trällerte unablässig beschwingte Melodien, und eine Schar von Schmetterlingen, Hummeln und Libellen tanzte dazu. Sogar Eisvögel, Reiher, Enten und Eichhörnchen gab es an diesem so friedlich wirkenden Ort, und Greta konnte sich nicht sattsehen an diesem kleinen, grünen Paradies inmitten des Hafens. Dass sich die kostenpflichtige Singvogel-App, von deren Download ihr Kevin unlängst noch abgeraten hatte, nun doch als gute Investition erwies, freute sie ganz nebenbei ungemein.

Die geheimnisvolle Bootseignerin erklärte Greta, dass viele der Pflanzen eine heilende und zum Teil auch berauschende Wirkung hätten, was der Rabe krächzend zu bestätigen schien. Ein daraus gewonnener Tee würde magische Kräfte und besondere Wahrträume hervorbringen. Greta fragte amüsiert, ob das auch für den Tee gälte, den sie bereits getrunken hatte, aber statt einer Antwort lächelte die Frau nur geheimnisvoll und nickte fast unmerklich mit dem Kopf.

Dann forderte sie Greta auf, mit ihr ins Innere des Hausbootes zurückzukehren, da draußen bereits die blaue Stunde hereinbrach.

Greta tat, wie ihr geheißen. Ihr war etwas schummrig und sie hatte das Gefühl, dass der Boden unter ihr zu schwanken begann. Es war, als würde sie über den Bootssteg schweben, ohne dass ihre Füße den Boden auch nur berührten. Die Frau geleitete sie ins Hausboot zurück und zeigte ihr eine kleine, eigens für Greta hergerichtete Koje, in der sie sich von den Strapazen erholen könne. Dann strich sie Greta übers Haar und wünschte ihr bunte und aufschlussreiche Träume.

Schon bald war Greta eingeschlafen und träumte von dem geheimnisvollen Hausboot der Schamanin, von ihrem wundervollen Garten, von Chören gefiederter Sänger und schwofenden Insekten, von sprechenden Raben, von Freibeuterkatern auf großer Fahrt und vielem mehr. Nur von Kevin träumte sie nicht.

Ihre Träume waren stets von Freude und Musik erfüllt und Greta tanzte in roten Schuhen auf silbernen Wolken und fühlte sich auf eine wundersame Weise geborgen und beseelt.

So vergingen viele Tage und Nächte, ohne dass Greta an Kevin, ihre Eltern oder ihre Großmutter dachte, was zweifellos der Wirkung des allabendlich zubereiteten Tees geschuldet war. Entgegen der Ankündigung der wunderlichen Frau hatte sie den Tee für Greta stets nur mit einer sehr geringen Menge des Wahrträume hervorrufenden Zauberkrautes zubereitet, damit Greta ihre Suche nach Kevin vorerst nicht fortsetzte, sondern stattdessen bei ihr auf dem Hausboot verweilte.

Eine böse Absicht steckte jedoch nicht dahinter. Die Schamanin genoss Gretas Gesellschaft so sehr, weil sie sich seit dem Tod ihrer eigenen Tochter oft einsam fühlte und weil Greta sie zudem an ihre Tochter erinnerte.

Eines Abends, als Greta gerade im Begriff war, den Tee der Schamanin zu trinken, gesellte sich der Rabe zu ihr in die Koje. Er landete auf dem kleinen Nachttisch, auf dem der Tee stand und sah Greta mahnend an. Als sie nach der Tasse greifen wollte, erhob sich der Rabe. Sein Flügel streifte die Teetasse, so dass diese zu Boden fiel, wofür er umgehend um Nachsicht bat und anbot, einen neuen Tee für Greta zubereiten zu lassen, aber Greta war müde und lehnte sein Angebot dankend ab. Erst als der Rabe davonflog, fiel Greta auf, dass er gerade mit ihr gesprochen hatte, was sie erstaunt und überaus beeindruckt zur Kenntnis nahm.

In der darauffolgenden Nacht träumte sie nur von Kevin. So bat sie die Schamanin am nächsten Morgen darum, ihre Suche fortsetzen zu dürfen, was die freundliche Frau schweren Herzens respektierte.

Sie beschrieb Greta den Weg zum nächstgelegenen Internet-Café, versorgte sie mit Proviant und etwas Geld und strich ihr noch einmal sehnsüchtig und sanft übers Haar.

„Wann immer du in eine ausweglos scheinende Situation gerätst, bleibe besonnen und lasse dich von der Stimme deines Herzens leiten. Und wenn du auf zweifelhafte Menschen triffst, dann schenke ihren Taten mehr Aufmerksamkeit, als ihren Worten und Beteuerungen. Schnell wirst du erkennen, worum es ihnen wirklich geht. Den Tieren auf deinem Weg kannst Du hingegen unbesorgt vertrauen. Sie sind frei von Argwohn und Hinterlist. Und nun setze Deine Suche fort. Ich werde dich in Gedanken begleiten und mein Bestes tun, um dich auf deinem Weg zu beschützen, meine Lütte", flüsterte sie zum Abschied.

Greta bedankte sich bei der Schamanin für ihre Hilfe und Fürsorge, verabschiedete sich auch von dem mysteriösen Kater und dem sprechenden Raben und umarmte die Frau noch einmal innig, bevor sie schließlich eiligen Schrittes von Bord ging.

Vierte Geschichte,
die von einem Reeder-Ehepaar und ihrem Chauffeur handelt

Unerschrocken setzte Greta ihre Suche nach ihrem verlorenen Freund fort. Nachdem sie das Internet-Café erreicht hatte, begann sie sogleich mit ihrer Suche nach dem „Eternal Youth"-Portal und wurde umgehend fündig.

Was sie dort las, befremdete Greta sehr und sie konnte sich partout nicht vorstellen, dass sich ihr friedfertiger und hilfsbereiter Freund freiwillig dazu bereit erklärt hätte, sich seiner Menschlichkeit und Empathie zu entledigen, um in den Genuss ewiger Jugend zu kommen.

Aber warum war Kevin vor seinem Verschwinden dann so garstig zu ihr und ihrer Großmutter gewesen? Gab es doch einen Zusammenhang? Greta studierte die Homepage gründlich, fand aber keinen hilfreichen Hinweis. Stattdessen stieß sie zufällig auf das aktuelle Datum und erschrak. Offenbar waren bereits ganze 3 Monate vergangen, seit Greta das Hausboot der Schamanin zum ersten Mal betreten hatte.

Verstört und niedergeschlagen verließ sie das Café. Draußen war es schon dunkel und Greta wusste nicht, wo und wie sie ihre Suche nach Kevin fortsetzen sollte. Sie kauerte sich ratlos auf den Kantstein vor dem Café, um nachzudenken und zu allem Überfluss begann es nun auch noch zu regnen.

Plötzlich hielt ein großer, dunkler Bentley direkt vor ihr. Ein vornehm gekleideter Mann stieg aus, spannte einen großen Regenschirm auf und kam auf Greta zu. „Mensch, Deern, was machst du um diese Zeit hier so ganz allein und warum sitzt du mitten im Regen?", fragte er. „Komm mit ins Auto, hier draußen holst du dir noch den Tod", fuhr er besorgt fort und geleitete die zitternde Greta zum Wagen. „Ich nehme dich jetzt erst mal mit und besorge dir etwas Trockenes zum Anziehen", sagte er freundlich lächelnd und Greta war zu erschöpft und verzweifelt, um sich seinem Vorschlag zu widersetzen.

Nach einer etwa halbstündigen Fahrt in den Hamburger Westen näherte sich der Wagen einem imposanten Tor, das sich wie von selbst leise surrend öffnete und einen von Rhododendren gesäumten, knirschenden Kiesweg offenbarte, der zu einer prächtigen Villa mit Stufen und Säulen aus feinstem Marmor führte. Der Mann half Greta, auszusteigen und sie folgte ihm mächtig beeindruckt ins Innere der mondänen Villa. Im Kaminzimmer saßen die Dame des Hauses und ihr werter Gatte bei einer Partie Schach. Die äußerst elegante Dame näherte sich den beiden Ankömmlingen erstaunt. „Wen hast Du uns denn da mitgebracht, Friedhelm?", fragte sie verwundert. „Das arme Mädchen ist ja in einem fürchterlichen, geradezu erbärmlichen Zustand!".

Friedhelm, der Chauffeur der etwas überkandidelten Dame des Hauses, berichtete ihr detailliert, wo er Greta rein zufällig im strömenden Regen auf dem Kantstein sitzend vorgefunden habe. Wo sie zuhause sei, habe sie ihm nicht verraten wollen. Deshalb habe er das Mädchen mitgenommen.

Umgehend wies die Hausherrin weiteres Personal an, Greta eines der zahlreichen Gästezimmer herzurichten, ihr ein Bad einzulassen und warme Kleidung für sie zu organisieren.

Gleich am nächsten Morgen wolle sie dann Kontakt zu Gretas Familie aufnehmen.

Greta konnte vor lauter Aufregung lange nicht einschlafen. Nie zuvor hatte sie ein solch luxuriöses Haus betreten, nie zuvor hatte sie ein solch imposantes und elegantes Badezimmer gesehen, geschweige denn, in einer solch extravaganten Badewanne gelegen. Die schön geschwungene Wanne thronte auf goldenen Füßen, die wie die Pranken eines Löwen aussahen und sie stand mitten im Raum vor einem riesigen Fenster, das den Blick in einen großen Park freigab.

Auch das eigens für sie hergerichtete Gästezimmer war ausgesprochen geräumig und äußerst geschmackvoll und erlesen eingerichtet. Sowohl am Fenster, als auch am Fußende des riesigen Bettes standen zwei große, filigran verzierte Bodenvasen, in denen prächtige Edelrosen um die Wette zu prahlen schienen. Auch in der Eingangshalle und sogar auf den Fluren hatte Greta solche Blumenarrangements bereits bestaunt.

Dennoch wirkte alles hier etwas unterkühlt und weit weniger gemütlich, als auf dem Boot der Schamanin oder auf

ihrer kleinen Grünfläche unter den Heckenrosen, was Gretas Begeisterung und
Dankbarkeit angesichts ihrer neuerli-
chen Rettung jedoch keinerlei Abbruch
tat.

Was hatte sie bei allem Kummer doch
für ein Glück, auf so freundliche und
hilfsbereite Menschen zu treffen, die
sie ohne Zögern in ihre Privatsphäre
einluden und ihr halfen, ohne eine Ge-
genleistung von ihr zu erwarten. Schon
diese inzwischen durchaus rar gesäte
Erfahrung hatte ihrer Suche einen Sinn
verliehen. Voll neu geschöpfter Zuversicht schlief Greta schließlich ein.

Am nächsten Morgen wurde sie von der
Haushälterin geweckt und ins Esszimmer
des Hauses geleitet, wo sie bereits
von der Hausherrin erwartet wurde. Ein
üppiges Frühstück stand für Greta bereit und nachdem sie sich mehr als
satt gegessen hatte, befragte die Dame
des Hauses sie zu den Umständen ihres
spätabendlichen und unbegleiteten Aus-
fluges vom Vortag.

Abermals berichtete Greta von ihrer
Suche nach ihrem Freund Kevin und bat
die vornehme Dame inständig darum,
diese Suche fortsetzen zu dürfen, bevor ihre Eltern davon erführen und sie

vermutlich umgehend nach Hause zurückholen würden. Nach langem Zögern und intensiver Beratung mit ihrem Gatten, den sie nicht allzu oft zu Rate zog, stimmte die Hausherrin unter einer Bedingung zu:

Friedhelm solle Greta noch am selben Tag zu einer befreundeten Hellseherin des Reeder-Paares bringen, die inmitten eines Waldes im Rosengarten wohne und aufgrund ihrer seherischen Fähigkeiten vielleicht in der Lage sei, Auskunft über Kevins aktuellen Aufenthaltsort zu erteilen. Andernfalls solle Greta unverzüglich zu ihren Eltern zurückkehren.

Beglückt und erleichtert nahm Greta das Angebot an und bedankte sich überschwänglich bei ihrer Wohltäterin. Nach einer Lektion über die korrekte Sitzhaltung sowie die akkurate Handhabung des Besteckes bei Tisch, an die sich ein exzellentes Mittagessen anschloss, verabschiedete sich Greta und stieg erneut zu Friedhelm in die Limousine, um die Hellseherin aufzusuchen.

Fünfte Geschichte,
die von einer Gangsterbraut und einer Reise nach Schweden handelt

Greta war mächtig aufgeregt und setzte große Hoffnungen in die Kräfte der hochgelobten Seherin. Friedhelm hingegen hatte für derart übersinnliche Phänomene nicht allzu viel übrig. Dennoch ließ er berufsbedingt äußerste Diskretion walten und lieferte Greta pünktlich zur vereinbarten Zeit vor dem windschiefen Haus der Hellseherin ab. Greta sprang aus dem Wagen und rannte auf die halbrunde Eingangstür zu. Da es keine Klingel zu geben schien, klopfte Greta mehrmals und rief lautstark nach der Hausherrin, aber zu ihrer großen Enttäuschung schien niemand zuhause zu sein. Eine ganze Stunde wartete Greta sehnsüchtig auf die Rückkehr der Seherin, aber nichts geschah, so dass Friedhelm schließlich darauf drängte, unverrichteter Dinge die Rückfahrt in die Elbvororte anzutreten.

Niedergeschlagen stieg Greta in den Wagen und suchte angestrengt nach einer Lösung. Sie beschloss, zunächst zu ihren Eltern zurückzukehren und dann die Hellseherin auf eigene Faust erneut zu besuchen. Ihre Freude über diese geniale Idee währte jedoch nur kurz, denn plötzlich hielt der Wagen mitten im Wald abrupt an, weil ein Lieferwagen quer zur Fahrbahn auf dem Waldweg stand und die Weiterfahrt blockierte.

Friedhelm hupte zunächst und stieg dann aus, um sich vorsichtig dem fremden Fahrzeug zu nähern. Plötzlich riss eine vermummte Person die Tür der Limousine auf, zog Greta äußerst unsanft heraus und zerrte sie wortlos in den Lieferwagen, was Greta große Angst einjagte. Lauthals rief sie nach Friedhelm, aber er war wie vom Erdboden verschluckt und antwortete auch nicht. Stattdessen schubste eine der vermummten Personen Greta auf einen bereitgestellten Klappstuhl, baute sich bedrohlich vor ihr auf und musterte sie eingehend.

„Sieh mal an, 'ne astreine Schnöseltussi!", rief die offenbar weibliche Person. „Mal sehen, was es deiner Mami wert ist, dich unversehrt zurückzukriegen", fuhr sie fort. Dann wies sie die verängstigte Greta an, ihre Jacke und ihren Rucksack auf den Boden zu werfen. Hektisch durchsuchte die Frau Gretas Sachen, bis sie schließlich einen kleinen Anhänger am Rucksack bemerkte, auf dem die Adresse von Gretas Zuhause stand. „Harburg? Nicht unbedingt die feinste Adresse. Erklär es mir, Püppi", forderte die vermummte Frau Greta unwirsch auf.

Und wieder erzählte Greta von ihrer Suche nach Kevin und all den Unwägbarkeiten, die ihr bereits widerfahren waren. Dann brach sie vor lauter Angst und einem Anflug von Hoffnungslosigkeit in Tränen aus.

Auf einen solch emotionalen Ausbruch Gretas war die Vermummte offenbar nicht vorbereitet, jedenfalls wies sie die anderen vier Anwesenden barsch an, sich „schleunigst vom Acker zu machen", was diese auch bereitwillig und umgehend taten. Erst, als die Gangsterbraut, die offenbar als Chefin dieser kriminell anmutenden Vereinigung fungierte, mit Greta allein war, trat sie näher heran und legte Greta unvermittelt ihre Hand auf die Schulter. Dann nahm sie ihre Vermummung ab und sah Greta an.

„Ach Püppi", seufzte sie, „Es wär auch zu schön gewesen, wenn du so 'ne richtig reiche Hanseatentochter gewesen wärst".

Greta musterte die junge Frau, die neben einigen Piercings auch einen für Gretas Geschmack etwas zu großen, silbernen Nasenring trug, interessiert, und fragte sie noch immer verängstigt, was sie jetzt mit ihr vorhätte. Zu Gretas großer Überraschung antwortete die unbekannte Frau, dass sie ihr bei der Suche nach Kevin behilflich sein werde. Dann streckte sie ihr die Hand entgegen. „Meine Freunde nennen mich Luna", sagte sie grinsend. „Und du bist also Greta".

Erstaunt und erleichtert fragte Greta, wieso Luna ihr plötzlich helfen wolle. Da setzte sich die Gangsterbraut vor Greta auf den Boden und erzählte ihr, dass sie als Kind selbst lange auf der Suche nach ihrer leiblichen Mutter gewesen sei und Gretas Verzweiflung deshalb nachvollziehen könne. Auf ihrer Suche sei Luna damals auf eine Frau in Schweden gestoßen, die als Medium und Seherin weit über die Grenzen des Landes hinaus bekannt war. Man munkelte, dass sie einen schneeweißen Geister-

Elch besaß, der angeblich sprechen und sogar fliegen könne. Leider habe ihr diese wundersame Frau damals mitteilen müssen, dass ihre Mutter nicht mehr am Leben sei. Dennoch habe der Besuch im schwedischen Ängelholm ihr geholfen, mit ihrer Suche abschließen zu können.

Ganz offensichtlich war Luna von den Fähigkeiten der Seherin vollkommen überzeugt und ausgesprochen euphorisch schlug sie Greta spontan vor, sie mit der Limousine, die sie im Gegenzug zu behalten gedachte, nach Schweden zu bringen.

Greta war angesichts dieses Sinneswandels und eines so großzügigen Angebotes geradezu überwältigt und vermochte ihr erneutes Glück im Unglück kaum zu fassen.

Auf Gretas bange Frage, was mit Friedhelm passiert sei, beteuerte Luna zu Gretas Erleichterung glaubhaft, dass man ihm kein Haar gekrümmt habe. Der gute Mann müsse nun lediglich mit der Bahn oder einem Taxi in die Elbvororte zurückkehren, wo man den Verlust des Bentleys sicher verschmerzen könne. Auf diese Weise würde der Schlitten wenigstens nicht in einem Schaufenster einer in der Nähe befindlichen Einkaufsstraße landen, bemerkte Luna trocken. Greta kannte sich in dieser vornehmen Gegend nicht aus und verstand deshalb nicht, was es mit dieser Bemerkung der Gangsterbraut auf sich hatte. Aber sie war froh und dankbar, ihre Suche nach Kevin nicht aufgeben zu müssen und nun doch noch in den Genuss irdischer und spiritueller Unterstützung zu kommen. Die konnte sie wahrlich gebrauchen!

Dann wies Luna Greta an, im Bentley auf sie zu warten, während Luna ihre maskierten Jungs über das weitere Vorgehen und das schwedische Medium telefonisch über ihren bevorstehenden Besuch informierte. Kurze Zeit später kehrte sie zurück und nahm auf dem Fahrersitz der Limousine Platz. Ohne, dass Greta sich von Friedhelm verabschieden konnte, fuhren sie davon.

Sechste Geschichte,
die von einem schwedischen Medium und
einem Geister-Elch handelt

Die beiden Ladies kamen zügig voran, weil es Luna mächtig Spaß machte, die

Edelkarre mal so richtig zu treten, wie sie sich Greta gegenüber ausdrückte. Mit der Fähre ging es weiter nach Dänemark, von dort quer durchs Land nach Helsingør und abermals per Fähre weiter nach Schweden.

Vom Slang der Gangsterbraut abgesehen verstanden sich die beiden Mädels prächtig. Die Zeit verging wie im Flug und schon bald hatten sie Ängelholm erreicht und näherten sich nun bereits dem Häuschen der Seherin. „Das wurde auch Zeit!", rief Luna erleichtert aus, da sich die Tankanzeige des Bentleys schon seit geraumer Zeit im roten Bereich bewegt hatte. Aus gegebenem Anlass legte Luna überaus großen Wert auf einen stets ausreichend gefüllten Tank.

Zu Gretas Freude brannte Licht in dem kleinen Haus und noch bevor sie ausgestiegen waren, öffnete die berühmte Frau bereits die Tür, winkte ihnen zu und bat die beiden herein. Nach herzlicher Begrüßung ermahnte sie Luna zunächst augenzwinkernd, es mit dieser vornehmen Karre nun aber wirklich übertrieben zu haben, bevor sie den beiden anbot, an einem reich gedeckten Tisch in der Küche Platz zu nehmen.

Sogleich wandte sich die Seherin Greta zu und forderte diese auf, ihr nun alles über ihr Anliegen zu erzählen. Nachdem Greta ausführlich von Kevins Verschwinden und dem ominösen Portal berichtet hatte, schloss die Seherin die Augen und schwieg eine Weile.

Dann sah sie Greta an und begann sichtlich bewegt zu sprechen: „Also, die gute Nachricht ist, dass Kevin lebt! Aber er befindet sich in einem großen Palast im ewigen Eis hoch oben im Norden und wird dort von einer kaltherzigen Frau gewissermaßen gefangen gehalten". Auf Gretas bange Frage, wer diese Frau denn sei, antwortete die Seherin nur zögernd: „Ich kann es Dir nicht mit Sicherheit sagen, aber du musst Dich auf jeden Fall vor dieser Frau in Acht nehmen." Greta sah die Seherin erschrocken an.

„Kannst du Greta nicht etwas mitgeben, das ihr Macht verleiht?", fragte Luna die Seherin beherzt. „Ich *kann ihr keine größere Macht verleihen, als sie schon hat! Siehst du denn gar nicht, wie groß die ist?"*, gab die weise Seherin zur Antwort.

Greta sei auf ihrer gesamten bisheri-
gen Suche unversehrt geblieben und
stets auf hilfsbereite Menschen und
Tiere getroffen, aber sie solle nicht
denken, dass sie diese Macht anderen
Menschen zu verdanken hätte. Der Ur-
sprung ihrer Macht sei ganz aus-
schließlich in ihrem mitfühlenden und
liebevollen Herzen und ihrem hilfsbe-
reiten und zugewandten Wesen begrün-
det. Leider genüge das nicht immer, um
vor Unbill verschont zu bleiben. Ein
wenig Glück gehöre durchaus auch
dazu", fuhr die Seherin vielsagend
fort.

Greta musste angesichts dieser Neuig-
keiten erst einmal an die frische Luft
gehen und ein paar Mal tief durchat-
men. So schwierig und beängstigend
hatte sie sich die Suche nach Kevin
nicht vorgestellt, aber aufzugeben kam
für sie nicht in Frage.

Während Luna sich auf den Weg zur
nächstgelegenen Tankstelle machte,
kehrte Greta ins Haus zurück, wo sie
bereits von der Seherin erwartet wurde. „Komm, Greta, ich zeige Dir jetzt
meinen Gefährten, den Elch. Er heißt
Sören und verfügt wie ich über besondere Fähigkeiten.

Schon bald wirst du wissen, was ich meine", sagte sie lächelnd. Sören hatte schneeweißes Fell und war von beachtlicher Statur. Er sah Greta wohlwollend an und kurz schien es ihr, als hätte er ihren Namen geflüstert.

So erleichtert Greta auch darüber war, dass Kevin am Leben zu sein schien, so sehr ängstigte sie zugleich der Gedanke, ganz allein in den hohen Norden reisen und den Palast dieser furchteinflößenden Frau ohne Begleitung betreten zu müssen. Die Schwedin schien dies zu wissen und klopfte Greta ermutigend auf die Schulter.

„Du bist so ein kluges und mutiges Mädchen und du hast so ein empfindsames Herz. Wie ich bereits sagte, sind das allerbeste Voraussetzungen, dass alles gut gehen wird", sagte sie. „Und keine Sorge: Du wirst nicht allein reisen. Sören wird dich in den Palast der kalten Regentin bringen, dich beschützen und dich und deinen Freund sicher zu mir zurück geleiten".

Während Greta über die Worte der Seherin nachdachte und sich fragte, wie die bevorstehende Reise mit Sören wohl aussehen sollte, kehrte Luna mit einer randvoll betankten Limousine zurück.

Die Seherin war bereits damit beschäftigt, Sören zu satteln und ihn mit diversen Schutzritualen auf die bevorstehende, lange Reise vorzubereiten.

„Es wird bald dunkel", sagte sie zu der sichtlich beunruhigten Greta. „Es wird Zeit, dass ihr euch auf den Weg macht". Sie reichte Greta ihren Rucksack, den sie zuvor mit reichlich Proviant gefüllt hatte, dazu noch einen warmen Mantel, eine Mütze, Handschuhe und gefütterte Stiefel und zu guter Letzt noch einen getrockneten Stockfisch, auf dem sie den Namen des Ortes eingeritzt hatte, in dessen Nähe sich der Palast der frostigen Gebieterin befand. „Statt GPS. Zu schlechtes Netz so hoch oben im Norden", sagte sie verschmitzt lächelnd. Dann half sie Greta, den bequemen Sattel zu erklimmen und zwinkerte ihr und Sören noch einmal aufmunternd zu. „Gutes Gelingen euch beiden!"

Luna nahm zum Abschied Gretas Hand, sprach ihr Mut zu und gelobte, hier bei der Seherin auf Gretas und Kevins Rückkehr zu warten, um sie dann umgehend zurück nach Hause zu bringen. Wer hätte gedacht, dass ausgerechnet sie zu einer so guten Freundin für Greta geworden war.

Danach lief Sören erstaunlich leichtfüßig mit ihr davon. Schneller und immer schneller trabte Sören ins Dunkel hinein, bis er schließlich zu galoppieren begann und zu Gretas Erstaunen plötzlich abhob und scheinbar mühelos stundenlang mit ihr über die dunklen Baumwipfel flog.

Während Sören mit Greta auf dem Weg nach Norden war, brannte Luna darauf, genaueres über die Vision des Mediums und das Ziel von Gretas Reise zu erfahren.

„Was ist das für eine kaltherzige Frau und wie hat sie Kevin in ihren Palast geholt?", fragte Luna die hellsichtige Frau verstört. Die Seherin tat sich sichtlich schwer mit einer Erklärung.

Dann endlich begann sie leise zu sprechen:

„Einem alten skandinavischen Märchen zufolge trieb eine grausame Schneekönigin in einem riesigen Palast im ewigen Eis vor über 170 Jahren ihr Unwesen. Viele Skandinavier glauben bis heute daran, dass diese Schneekönigin tatsächlich existiert.

Man sagt, dass ihr ein magisches Ritual zu ewiger Jugend verhilft. In meiner Vision sah diese bösartige Frau der Schneekönigin zum Verwechseln ähnlich. Auch der Standort des Palastes deutet darauf hin, dass es sich tatsächlich um die Schneekönigin handeln könnte."

Luna glaubte, ihren Ohren nicht zu trauen. „Wie bitte? Die Schneekönigin gibt es wirklich und sie treibt noch immer ihr Unwesen und hat jetzt Kevin in ihrer Gewalt? Wie kann das angehen? Ich kenne dieses Märchen aus meiner Kindheit. Hans Christian Andersen hat es geschrieben!", rief Luna völlig entgeistert aus.

„Oh ja, das Märchen ist mir gut bekannt. Aber heißt das zwangsläufig, dass es diese eisige Regentin nicht wirklich gab oder noch immer gibt? Verfügt sie nicht über ewige Jugend?", gab die Seherin seelenruhig zu bedenken. Luna sah sie fassungslos und fragend an.

„Wir müssen nicht alles verstehen, mein Kind. Nur weil wir etwas nicht verstehen, heißt das nicht, dass es nicht existiert. Es ist dem Wesen des Unerklärlichen immanent, dass es uns

Erdenbürger oft fragend und ahnungslos zurücklässt. Es liegt an uns, ob wir es dennoch annehmen und für real erachten. Mehr kann ich dazu nicht sagen", flüsterte die Seherin leise, bevor sie sich von Luna verabschiedete und sich in ihr Schlafgemach zurückzog.

Luna hing an diesem Abend noch lange ihren Gedanken über die verstörenden Aussagen der Seherin nach. Sie konnte sich keinen Reim auf diese äußerst mysteriösen Parallelen zu einem der Lieblingsmärchen ihrer Kindheit machen, das vor über 170 Jahren geschrieben wurde.

Konnte es wirklich sein, dass es die Schneekönigin tatsächlich gab und sie noch immer Kinder in ihren Palast entführte? Luna war mächtig durch den Wind und beschloss, das Grab des von ihr so verehrten Schriftstellers auf der Rückreise nach Hamburg zu besuchen und besagtes Märchen nach ihrer Rückkehr erneut zu lesen.

Währenddessen hatte Sören bereits eine beachtliche Strecke zurückgelegt. Greta war aufgeregt und ihr Herz zersprang fast vor Freude, wenn sie an das langersehnte Wiedersehen mit ihrem Freund Kevin dachte, das nun endlich in greifbare Nähe rückte.

Dennoch erwies sich die Reise als lang und beschwerlich und verlangte vor allem Sören einiges ab. Nach fast zweitägiger Reisedauer hatten Sören und Greta schließlich ihr Ziel erreicht.

„Halt dich fest, wir landen in Kürze", raunte Sören Greta plötzlich mit tiefer Stimme zu. „Unter uns siehst Du bereits die ersten Vorposten, die den Palast der geheimnisvollen Hausherrin bewachen". Greta hatte längst aufgehört, sich über die vielen, übersinnlichen Phänomene und Wesen, denen sie während der gesamten Suche bereits begegnet war, zu wundern und nahm es nun beinahe gelassen und höchst erfreut zur Kenntnis, dass sie auch mit Sören sprechen konnte.

Als sie zu Boden sah, konnte sie die Wachen der kaltherzigen Herrscherin bereits mit bloßem Auge erkennen. Sie waren von merkwürdiger Gestalt, *einige sahen aus wie große*, aggressive *Stachelschweine*, andere hatten schlangenförmige Körper mit unzähligen Armen, wieder andere ähnelten riesigen Eisbären, deren Fell sich sträubte und geheimnisvoll glitzerte. Jede dieser Gestalten war von schimmernd weißer Farbe und bestand aus tausenden, lebendigen Schneeflocken, die in der dunklen Nacht beinahe zu funkeln schienen.

Je näher Greta und Sören dem Palast kamen, umso dunkler und kälter wurde es. Greta konnte *ihren eigenen Atem sehen, der wie Rauch aus ihrem Mund strömte und dichter und dichter wurde und sich zu kleinen, hellen* Engelsgestalten formte, die immer größer wurden und Helme, Speere und Schilde trugen.

Und dann erblickte Greta den riesigen Eispalast unter sich und während Sören zur Landung ansetzte, war Greta bereits von einer ganzen Horde von bewaffneten und offensichtlich gewaltbereiten Engeln umringt, was ihr ein verdammt gutes Gefühl gab. Als Greta abstieg, hatte die tollkühne Engelschar bereits alle Vorboten und Wachposten niedergestreckt.

„Nur zu, geh' nur unverzagt durch das Tor. Ich werde hier an dem Busch mit den roten Beeren auf dich und Kevin warten", sagte Sören zu ihr. Und so schritt Greta mutig und erhobenen

Hauptes auf das Tor des eisigen Palastes zu, ohne die große Kälte, die sie umgab, zu spüren.

Siebte Geschichte,
die von den Ereignissen im Schloss der Schneekönigin handelt

Die Wände des Schlosses waren aus treibendem Schnee und die Fenster und Türen aus schneidenden Winden; es gab über hundert Säle und die Ausmaße des größten Saales waren mit bloßem Auge nicht erkennbar. All' diese Säle wurden vom *stärksten Nordlicht erleuchtet und sie waren so* unfassbar *groß, so leer, so eisig kalt* und *so glitzernd. Niemals herrschte hier Frohsinn*, niemals erklang hier Musik, niemals wurde hier gelacht oder gespielt, weder Pflanzen, noch Tiere konnten an diesem frostigen und trostlosen Ort leben oder gedeihen.
Inmitten des größten Schneesaales gab es einen gefrorenen See, in dem sich die Schneekönigin schon seit sehr langer Zeit täglich zu spiegeln pflegte, um sich ihrer Perfektion, Jugend und Schönheit zu vergewissern.

Diesen Attributen maß sie seit jeher die allergrößte Bedeutung bei. Deshalb beunruhigte es die unterkühlte Regentin über alle Maßen, dass der See infolge der Erderwärmung bereits vor einigen Jahren erste Risse bekommen hatte. Selbst im Winter verschwanden diese Risse inzwischen nicht mehr ganz, so dass sich die Schneekönigin seit geraumer Zeit gezwungen sah, regelmäßig horrende Summen in die Anschaffung unzähliger Kühlaggregate und deren professioneller Wartung zu investieren. Es erzürnte sie ungemein, dass das vermeintlich ewige Eis nicht hielt, was es zur Zeit des Palasterwerbs versprach.

Um nicht zu altern, benötigte Ihre eisige Hoheit neben ausreichend frostigen Temperaturen jedes Jahr ein anderes Kind, welches sie mit Hilfe eines magischen Rituals aller kindlichen Eigenheiten zu berauben vermochte.

So nahm sie den Kindern ihre Neugier, ihre Phantasie, den Spieltrieb, das Lachen, ihre Sorglosigkeit, ihre Zuversicht, das Leben im Augenblick, die Unbeschwertheit, ihre Schönheit und nicht zuletzt ihre Jugend. Mit Hilfe des magischen Eiszepters gelang es der Schneekönigin Jahr für Jahr aufs Neue, diese kostbaren kindlichen Eigenschaften auf geheimnisvolle Weise zu bündeln und auf sich selbst zu transferieren. Den wahren Wert dieser Schätze erkannte sie jedoch nicht und so übertrug sie nur die äußeren Attribute der Kinder auf sich selbst. Auf diese Weise gelang es ihr, für immer jung und schön zu bleiben. Im Herzen aber war sie eine hässliche, freudlose, verbitterte und sehr alte Frau.

Der Gedanke, dass Kevin sich als bisher einziges Kind gewissermaßen sogar selbst um den Aufenthalt im schneeköniglichen Palast beworben hatte, vermochte die kalte Gebieterin an guten Tagen vortrefflich zu erheitern.

Und so saß der arme Kerl nun schon seit Monaten Tag für Tag ganz blau gefroren vor Kälte und ganz allein in einem großen Saal an einem riesigen gläsernen Schreibtisch. Hier musste er täglich 500 durchweg begeisterte „Eternal Youth"-Bewertungen verfassen, um potentielle Mitglieder von der Genialität des Portals zu überzeugen.

Kevin war oft schwindlig, was er auf die tägliche Einnahme eines Multivitaminpräparates namens „Vitalin" zurückführte, welches ihm die Schneekönigin schon seit einiger Zeit verabreichte, um seine Effizienz und Ausdauer bei der Arbeit zu optimieren, wie sie sich ausdrückte. Anfangs hatte Kevin sich der Einnahme dieses Präparates zu widersetzen versucht, aber dann hauchte die frostige Gebieterin ihm stets einen Kuss auf die Stirn und schon war Kevins Widerstand gebrochen. Schnell war er zutiefst von der Wirkung dieses Mittels überzeugt. Hatte er zuvor an manchen Tagen nicht einmal 300 Bewertungen zu schreiben vermocht, weil seine Augen brannten und seine Finger vor Kälte schmerzten, gelang es ihm mit Hilfe dieses Präparates mühelos, das Tagesziel von 500 Bewertungen noch um ein Vielfaches zu übertreffen. An diese Arbeit schloss sich stets noch ein Rundgang an, auf dem Kevin zunächst die Entwicklung der Risse im See dokumentieren musste, um dann im Anschluss die einwandfreie Funktion der Kühl- und Notstrom-Aggregate zu überprüfen. Sein Hauptaugenmerk galt dabei der Temperaturkontrolle des Tresors, in dem Ihre Majestät das magische Eiszepter verwahrte. Danach sank Kevin Abend für Abend einsam und erschöpft in sein kaltes, gläsernes Bett, fand aber meist keinen Schlaf.

Der Zufall oder andere Mächte wollten es, dass die Schneekönigin den Palast just an dem Tag verließ, an dem Greta und Sören das eisige Schloss erreicht hatten.

Die kalte Regentin war im Begriff, ein weiteres Mal ins ferne Bayern zu reisen, um dort mit ihrem hitzigen Bräutigam auf den enormen Erfolg des gemeinsam betriebenen Portals anzustoßen. Greta vernahm noch das dumpfe Grollen des sich entfernenden Queensmobils, während sie das Tor des eisigen Palastes todesmutig durchschritt.

Zu Gretas Erstaunen war das Tor weder bewacht, noch verschlossen, und die schneidenden Winde, die den Eingang klirrend kalt umtosten, ließen plötzlich nach, als Greta hindurch trat. Ihr Herz klopfte wie verrückt, während sie im Innern des riesigen Palastes um Fassung und Orientierung rang.

Für einen Moment beschlichen sie Zweifel, Kevin in diesem riesigen Prachtbau ausfindig machen zu können, aber dann erinnerte sie sich an die weisen Worte all der klugen Frauen, denen sie auf ihrer Suche schon begegnet war und folgte beherzt ihrer inneren Stimme wie einem Kompass.

Frierend durchschritt Greta einen Saal nach dem anderen. Aus einem der Säle drang grelles Licht. Greta lief so schnell sie konnte auf diesen Saal zu, voller Gewissheit, Kevin genau hier zu finden und tatsächlich: da saß ihr Freund ganz allein und verfroren an einem großen gläsernen Schreibtisch. Sie rannte zu ihm, rief immer wieder seinen Namen, umarmte, herzte und küsste ihn in ihrer überbordenden Freude und war unsagbar glücklich, Kevin endlich gefunden zu haben.

Während Greta Kevin mit ihrer stürmischen Umarmung fast erdrückte, saß Kevin einfach nur starr und regungslos da. Er schien sich über Gretas unerwartetes Erscheinen und ihre überschwängliche Begrüßung ganz und gar nicht zu freuen. Greta war sich nicht einmal sicher, ob er sie überhaupt wiedererkannte.

Nach all den überstandenen Widrigkeiten und Strapazen war das dann doch zu viel des Guten. Mit einer derart abweisenden Reaktion hatte Greta nicht gerechnet und vor lauter Enttäuschung und Kummer über Kevins sonderbare Wandlung kamen ihr die Tränen. Sie weinte und schluchzte bitterlich und ihre heißen Tränen rannen über seine

Brust. Es war das erste Mal seit langer Zeit, dass Kevin wieder menschliche Nähe und Wärme spürte und je länger Greta ihn im Arm hielt und weinte, umso mehr schmolz Kevins Widerstand dahin. Als Greta dann noch ganz leise begann, ein Lied zu summen, welches sie früher oft mit Kevin zusammen gehört hatte, schien der Bann des kalten Kusses der Schlossherrin vollends gebrochen.

Endlich erkannte Kevin seine Freundin und jubelte: „Greta, liebste Greta, *wo bist du denn so lange gewesen? Und wo bin ich nur gewesen?*" Dann sah er sich erstaunt um. *„Wie kalt ist es hier! Wie groß und leer ist es hier!*".

Und schließlich umarmte er Greta innig und sie war außer sich vor Freude, Kevin tatsächlich gefunden und sein Herz erwärmt zu haben.

Beinahe hatte Greta vergessen, an welch gefahrvollem Ort sie sich befanden. Als sie sich auf die mahnenden Worte des Mediums besann, drängte sie Kevin sogleich, diesen kalten und unwirtlichen Ort nun schleunigst zu verlassen. Kevin aber wollte der kalten Herrscherin zuvor noch das Handwerk legen, informierte Greta über die derzeitige Abwesenheit der Hausherrin und weihte Greta in seinen Plan ein, sämtliche Kühl- und Notstrom-Aggregate und auch den Kühltresor, in dem sich das magische Eiszepter der frostigen Regentin befand, abzuschalten. Alles Weitere würde die für die Jahreszeit deutlich zu warme Außentemperatur erledigen und ohne ihren See und ihr Zepter sei die kalte Lady aufgeschmissen, fügte Kevin augenzwinkernd hinzu. Dass Kevin ungeachtet der eher suboptimalen Ausgangslage schon wieder zu Späßen aufgelegt war, wertete Greta als sehr gutes Zeichen seiner fortschreitenden Enteisung und Genesung.

So machten die beiden sich umgehend ans Werk und mit vereinten Kräften gelang es ihnen binnen einer halben Stunde, alle Aggregate und auch den Eistresor zu deaktivieren. Kurz darauf schlugen auch schon die ersten Taumelder lautstark Alarm, aber außer Kevin und Greta hörte das niemand.
Dann endlich verließen die beiden Freunde Hand in Hand das Schloss, sie sprachen von Gretas Großmutter und von den Heckenrosen im Hinterhof, und da, *wo sie gingen, legten sich die eisigen Winde ganz still zur Ruhe und die Sonne brach hervor.*

Als sie den Busch mit den roten Beeren erreicht hatten, stand Sören wie versprochen dort parat und wartete auf die beiden. „Darf ich vorstellen: das ist Sören", ließ Greta den sprachlosen Kevin wissen. „Er wird uns nun auf dem kürzesten Weg zurück nach Ängelholm bringen, wo wir bereits von einer Seherin und einer echten Gangsterbraut erwartet werden", fuhr Greta fort. Kevin verstand kein Wort, vertraute seiner tollkühnen Freundin jedoch blind und so erklomm er zusammen mit Greta den Rücken des stattlichen Elches.

Plötzlich durchdrang ein lautes, dumpfes Grollen und Rauschen die Stille. Als Greta und Kevin sich erschrocken umsahen, war der höchste Turm des Palastes bereits krachend zu Boden gestürzt und wurde von enormen Wassermassen talabwärts gespült.

„Wir haben es geschafft!", rief Kevin euphorisch und umarmte und küsste Greta vor lauter Glück. Dann trabte Sören mit den beiden davon und nach kurzem Galopp hob er erneut ab, um die lange, beschwerliche Rückreise nach Ängelholm anzutreten. Nach zweitägigem und streckenweise äußerst abenteuerlichem und sehr kräftezehrendem Flug hatten sie endlich ihr Ziel erreicht.

Luna und die Seherin standen bereits vor dem Haus und erwarteten die drei frierenden und erschöpften Reisenden voller Ungeduld. Unter großem Jubel bat das Medium die Rückkehrer ins Haus, wo bereits ein knisterndes Kaminfeuer und eine reich gedeckte Tafel warteten. Während Sören sich im Stall mit einer warmen Decke und einer stärkenden Mahlzeit von den Strapazen der Reise erholte, wärmten Greta und Kevin sich am Kaminfeuer auf, stärkten sich ebenfalls ausgiebig, berichteten von ihrer abenteuerlichen Reise und feierten gemeinsam die erfolgreich beendete Suche nach Kevin.

Dann war es auch schon wieder an der Zeit, Abschied zu nehmen, um die Weiterreise nach Hamburg anzutreten. Die drei Reisenden dankten der Hausherrin und auch Sören herzlich für ihre Hilfe, ihre Fürsorge und Freundlichkeit. Nachdem sich auch die Seherin bei Greta und Kevin für ihren mutigen Einsatz und die Zerstörung des magischen Zepters und des eisigen Palastes bedankt hatte, machten sich die drei auf den Rückweg nach Hamburg.

Kevin rang in Anbetracht der Vielzahl verwirrender Ereignisse noch immer um Fassung. Dass die Gangsterbraut nun auch noch im Bentley vorfuhr, verstörte ihn vollends. „Wie bist du denn zu so einem vornehmen Auto gekommen?", wollte er von Luna wissen, aber Luna deutete nur vielsagend an, dass dies ein Geheimnis zwischen ihr und Greta sei.

Kevin könne sich glücklich schätzen, eine so mutige, starke und unerschrockene Freundin wie Greta zu haben, ließ Luna ihn unaufgefordert wissen.

Es würde sie durchaus interessieren, ob Kevin es verdient hätte, dass Greta auf ihrer Suche nach ihm ganz allein um die halbe Welt gereist sei, fuhr Luna fort und Kevin verstand den Wink und verstummte mit schuldbewusstem Blick.

Schon bald hatten sie Helsingborg erreicht und mussten nicht lange auf die Fähre nach Helsingør warten. Je weiter sie Richtung Süden kamen, umso sichtbarer war der herannahende Frühling ringsherum. Überall spross erstes Grün und lautes Vogelgezwitscher erfüllte die Luft. Auf der Überfahrt bat Luna Greta und Kevin um einen Gefallen. „Hättet ihr etwas dagegen, wenn wir noch einen kurzen Abstecher nach Kopenhagen machen würden?

Ich würde gern ein paar Blumen auf das Grab von Hans Christian Andersen legen. In seltenen Glücksmomenten hat meine Pflegemutter mir manchmal eines seiner Märchen vorgelesen. Er war einer der Helden meiner Kindheit. Ihr kennt doch hoffentlich seine wundervollen Märchen?", schloss Luna ihr flammendes Plädoyer.

„Ich kenne nur die Eiskönigin Elsa", entgegnete Greta, aber die Märchen von Herrn Andersen habe ich nicht gelesen". Auch Kevin ließ gewohnt wortkarg und wenig überraschend verlauten, dass ihm keines seiner Märchen bekannt sei.

Luna sah die beiden Kinder daraufhin vielsagend grinsend an und flüsterte konspirativ: „Gelesen habt ihr seine Märchen vielleicht nicht. Aber euer überstandenes Abenteuer weist wirklich erstaunliche Parallelen zu einem seiner Märchen auf." Weder Greta, noch Kevin hatten eine Ahnung, wovon Luna sprach, aber Greta beschloss, sich nach ihrer Rückkehr umgehend ein Märchenbuch von Herrn Andersen auszuleihen, um der Sache auf den Grund zu gehen.

In Kopenhagen angekommen, kaufte Luna
in einem Blumenladen vor dem Friedhof
drei wunderbar duftende und eigens
nach Herrn Andersen benannte Rosen.
Dann besuchte sie gemeinsam mit Greta
und Kevin das Grab des berühmten
Schriftstellers. Andächtig, ehrfürchtig und schweigend legten sie die Rosen auf dem Grab nieder, versuchten
vergeblich, die Inschrift auf dem imposanten Grabstein zu entziffern und
verweilten noch eine Zeit lang dort,
bevor sie sich schließlich voller Vorfreude auf die Rückreise nach Hamburg
machten.

Als sich die Silhouette ihrer geliebe-
ten Heimatstadt bereits am Horizont
abzeichnete, bat Greta Luna darum, sie
noch einmal kurz bei der Schamanin ab-
zusetzen, um dieser von der geglückten
Suche zu berichten. Während Luna und
Kevin im Wagen warteten, lief Greta
eilig über den Bootssteg, der ihr so
vertraut war.
Es schien, als habe die Schamanin sie
bereits erwartet, denn sie stand schon
im Türrahmen, öffnete lächelnd ihre
Arme und wirbelte die strahlende Greta
ein paar Mal umher, bis ihr fast
schwindlig wurde.

Greta berichtete atemlos, dass sie Kevin tatsächlich gefunden habe, aber nun schnell nach Hause zurückkehren müsse. Die Schamanin nickte verständnisvoll und ließ Greta wissen, dass sie jederzeit willkommen sei und auch Kevin gern einmal mitbringen könne. Greta versprach, bald wieder zu Besuch zu kommen und lief dann eilig zum Wagen zurück.

Sie war außer sich vor Freude, als Luna den Bentley kurze Zeit später überaus geschmeidig auf die Wohnsiedlung zu lenkte, in der Greta und Kevin zu Hause waren. Dem Austausch von Mobilnummern schloss sich ein tränenreicher Abschied von Luna an.

Dann liefen die beiden Freunde schnurstracks nach Hause. „Lass uns erst mal gucken, ob Oma da ist", schlug Greta Kevin im Treppenhaus vor. Ihr Herz raste, während sie die Wohnungstür öffnete, aber zu ihrer großen Enttäuschung war niemand zuhause. Auf den ersten Blick schien alles unverändert. Auch die nervige Uhr in der Küche tickte nach wie vor fürchterlich laut und aufdringlich.

Plötzlich fiel Gretas Blick auf ein schwarz gerahmtes Foto ihrer Großmutter, das neben einer Kerze und einem kleinen Blumenstrauß auf dem Küchentisch stand und sie begann zu weinen. Vor dem Foto lag ein ihr unbekanntes Buch, welches Greta mit zitternden Händen aufschlug. Das Buch enthielt die gediegenen Geschichten der Großmutter und endete mit einer Widmung und einem Zitat von Erich Kästner:

„Nur wer erwachsen wird und ein Kind bleibt, ist ein Mensch."

Darunter stand: „In ewigem Gedenken an meine geliebte Greta und ihren Freund Kevin."

„Ich könnte jetzt etwas frische Luft gebrauchen. Wollen wir in unseren kleinen Garten gehen?", fragte Greta Kevin nach einer Weile andächtigen Schweigens leise und Kevin, der ebenfalls sichtlich betroffen war, nickte nur stumm.

Als die beiden durch die Wohnungstür hinaustraten, stellten sie erstaunt fest, dass sie erwachsen geworden waren.

Die Heckenrosen blühten üppig und die kleine Bank lag noch immer im Versteck unter den Büschen. Kevin holte sie hervor und sie setzten sich ehrfürchtig darauf. Das *kalte, leere* Reich *der Schneekönigin hatten sie wie einen bösen Traum vergessen.*

Kevin hatte das Buch von Gretas Oma mitgenommen und las Greta nun zu ihrer Freude und Überraschung mit feierlicher Stimme daraus vor. Während er las, landete ein Rotkehlchen zwitschernd auf den Heckenrosen und blieb neugierig dort sitzen, worüber Greta sich sehr freute, weil es der Lieblingsvogel ihrer geliebten Großmutter war.

Und so saßen Greta und Kevin noch lange Hand in Hand auf ihrer kleinen Bank, *erwachsen und doch Kinder, Kinder im Herzen, und es war Sommer, warmer herrlicher Sommer.*

~~~*~~~